신발 신은 물고기

양수덕 시집

문학세계사

물 속 그가 말을 했다. 온몸이 피 마른 언어였다. 나는 몇 번인가 스쳐갔고 어느 날 그는 사라졌다. 지하도 빈 자리에는 낙엽을 빼닮은 물고기 한 마리, 죽은 듯이 물의 침묵에 떠밀리고 있었다. 병색 짙은 노숙 청년의 말이 홍건했다.

시가 내 삶의 전부였으나 먼 등단, 그 오랜 시간의 물에 갇혔던 나

뿌리를 내리지 못하는, 움직임이 없는 이들과 한 지평에서 만났다. 저마다의 외로움에 충전이 되어 빛의 발자국을 더듬으며

2015년 11월

양 수 덕

□ 차례

1

2

3

4

1

낮잠

부리부리한 눈이 일품인 때가 그에게 있었었지만,

목줄에 매여 사계가 여러 번 바뀌고

외마디도 질러 본 지 아득한

쇠사슬 덩굴이 뻗어 가는 한 칸 감방에서

우그러진 양푼 주위를 맴도는 지루한 움직임조차 멎었다

조무래기별도 뜨지 않는 밤, 낮도 쥐굴 속인 뻔한 날

활보하는 녹음의 거리를 지나
가내공장의 마당 귀퉁이에서
눈 귀 닫고 품위 있게 지워지려는 개,
숨소리조차 녹아든 여름 한낮
그의 늑골 속 고요가 들끓는 사막에는
조립되지 못한 말들이 무더기로 부려져,

눈집

폭설이 길을 지워 괄호 안에 갇히네
외향의 소맷자락을 뿌리치네 입은 객지로 떠나네

여기는 소리 접은 고산의 어깻죽지
고산의 부러진 날개에서는 핏방울이 떨어지고
설원을 달려가던 지난날의 파노라마는 사라졌네

이 악문 눈발들이 서로의 사슬을 풀 때까지
길이 견딜 일만 남았네
빙하기를 서두르는 눈발들이 점조직으로 모여들어
지붕과 벽을 둘러 주고 문짝도 달아 주네
잠을 앞세우며 나는 들어가네

너의 야생성을 믿지 않을래
하늘까지 목을 늘인 금강소나무가 푸른 눈짓을 해도
나올 수가 없네

부러진 발목들 모두 눈사슬이 되어
벽을 겹겹 두르네 눈의 위험 수위가 높아지네

물뱀들

발들이 아침을 통과하지 못한다

버스 정류장 의자에 엉거
눈이 자꾸 감기는 어린 소녀들 댓
이 시간이면 교실에서 등을 바짝 세우고 있을 또래들이
어느 너절한 도랑 비좁은 잠을 간신이 빠져나와
쑥밭인 아침 공기를 쏘인다

헝클어진 머리와 구겨진 옷에 달라붙은 수상한 검불들
삐뚤빼뚤 즐겨 그리던 낙서는 물뱀 무늬
뱃속에는 헛바람만 들어찼다
가족을 이탈하면서 싹튼 분노는
언제라도 흙탕을 일으키려 두리번거린다
입으로 무언가를 거칠게 물어 버리기도 하지만
무른 입이 먼저 따갑고 얼얼하다
귀가를 저버리고 동네 외곽에 몰려 있는 어린 물뱀들

별들이 몰려가 뜬눈으로 지켜보지만 알지 못하는 그들

다 그렇지 뭐 아무도 아무도, 하면서
젖니 보드레한 어린 물뱀들이 밤을 통과한다

어느 좀도둑

아파트 단지 안에 고양이 밥그릇이 생겼다
꽁치 대가리에 머리 박고 비린내로 배를 쓰다듬는 고
양이들
그 틈을 비집고 한 번도 본 적이 없는 주린 배가 끼어
들었다

얼마 전 돛폭도 달지 않고 몸을 날린 12층 처녀애는
꽁치 내장이 묻은 손가락까지 빨고 핥고
발뒤꿈치는 떨어질 때의 핏자국이 내내 붉은 눈물로
말라붙었다

어딜 가나 숨차게 따라붙는 검은 물
낙화 때 신발 아래, 난간 너머, 원시의 황량함으로 펼
쳐진 물
그 깊은 까막눈은 가족의 눈에까지 들어차 처녀애를
알아보지 못하고

먹어도 먹어도 홀쭉한 배는

날 것도 흙 묻은 것도 가리지 않는다

음식 냄새를 따라다녀도 채워지지 않는 시장기

죽었는데, 살아서의 수렁 그대로 살아서의 꺼짐 버튼
그대로 살아서의 절개된 가슴 그대로

벌레가 갈색 더듬이 찢기면서 돌 틈에서 울고

차가운 바람이 세상의 홑잎들을 파고든다

고양이 밥그릇에 떨어진 개밥바라기별이 은수저처럼
꽂힐 때

검은 물, 빠르게 수위를 낮추다가 불편한 기미 한 방울
마저 거둔다

소금 인형

바다가 솟아오른 산
소금 광산에 난쟁이들이 산다

그 옛날 소금 캐느라 장가를 못 간 사내들이 만든 소금
난쟁이들이
곡괭이질하다 허연 수염을 늘어뜨린 채 그만 붙들렸다
죽어서야 거길 나갈 수 있던 울분의 짜디짠 몸뚱이

순하디순한 백설의 밤은 깊어 간다
배필을 맞으려면 백설공주나 되어야지 안 그려?
지들끼리 다독이는 소리
몇 세기를 넘겼는지 알 수 없는 거기서
팔등신 고운 님 기다린다

지하 광장에 눈부신 소금 샹들리에를 매달면서
독하게 짠 맛 백설공주는 차마 만들 수 없다 한다

못 박힌 손으로 무어든 주물러도

자신을 밝혀 줄 촛불 하나 만들지 못하는 굴 안에서

새하얗게 어두워지는 소금 빛

치석

　말보다 수화에 능한 치과의가 조심조심 이뿌리를 건
드려 본다
　썩은 이빨이 소리 없이 뒤틀자 뽀글뽀글 터지는 물방
울들

　사각의 물그림자 안에서
　그는 산소가 부족한 사람 같고
　대롱으로만 음식물을 먹은 것 같다
　싱싱한 어족이 잡아끄는 바다는 멀다

　늘 혼자 어두워지는 그에게
　뿌리를 유쾌하게 살려 주는 이는 찾아온 적이 없다
　즐거운 놀이터를 꿈꾸지 않는 발이
　수족관과 밖을 들락거리는 동안
　몸에서 빛이 야금야금 빠져나갔다

　물에서만 뼈를 묻고 커 가는 비명
　물들지 않는 아우성이란 없다

수도관에서는 녹물이 팽창하고
홰치는 바람은 변두리 산동네를 빠져나가지 못한다

그의 아내와 아이들이 슬롯머신을 기웃거린다
한 번도 터지지 않은 잭팟
지폐를 쏟아 내야 하는 그가 헛헛하게 웃는다
상한 뿌리가 툭하면 뒤통수까지 뻗쳐 요동친다

거미는 다리가 길다

설날 쓰레기더미 쌓인 평화시장 앞
차가 신호등에 걸리자 내 눈길에 노숙인이 딸려 온다

차바퀴들이 검은 잠 위로 내달린다
차들 스칠 때마다 바람이 노숙인의 등을 떠다밀지만
한 발자국도 나아가지 못한다

오늘의 해는 빨간 왕거미
거미줄에 걸려든 노숙인은
신문처럼 어지러운 얼굴을 쳐들어
불유쾌한 활자들을 쏟는다

차창 밖의 노숙인은 저 홀로 아뜩하고
차창 안 내 그림자는 그와 아귀가 꼭 맞는다

빨간 왕거미는 후미진 구석빼기를 한눈에 알아보았다
한 자리에 눌어붙은 그림자
광낼 일 없는 거미줄이 팽팽하다

바람이 옥외 간판을 붙잡고 널뛴다
깍두기 시켜 줄게 깍두기

빨간 왕거미는 거미줄을 뽑으며 미안하고
내리지 못하는 뿌리들은 공중 묘기를 한다

그 자리

  옛집보다 펜션이 더 많은 마을에서 손바닥으로 모기를 치며 삼겹살을 굽는 남자들, 호박꽃 내음 물큰 나는 밤공기를 헤치며 웃음이 지글지글 타들어 갈 때

  마을 어귀에서 때 절은 변기처럼 쭈그리고 있는 개, 골든 리트리버

  아침이 되자 햇빛이 불편한 우거지상들 느릿느릿 몸을 풀고
  열쇠가 달아난, 안개의 가시거리인, 철망 우리에 갇혀
  해를 외면한 채 목구멍까지 차오른 말을 건디는 개

  눈에 수북하게 담기는 마을 바다

  진자리 마른자리 다하면 그 개, 평화롭지 않아도 되는 바다에 닿을까 멈춘 바퀴들이 가속도로 달려갈까

바람난 잎

봄바람에 가지가 흔들리는 게 나무가 입을 달려고 저
리도 몸부림치는 거구 바람은 자꾸 재촉하는 거구 그래
그래 우리도 빨리 나무의 말을 듣고 싶다
　몽유의 고요 깊이 가슴을 대 보면 나무와 바람의 말이
너무도 또렷하네 막힌 귀와 굳어 버린 혀를 간질이네

　거리에서 떡볶이를 팔면서
　눈을 뽑아 봄과 던지기 놀이를 하던 농아 부부

　모든 소리가 녹아든 물에서
　뭍으로 올라와
　흘린 숨, 한 입 한 입 주워 가다가
　어느 날 소리알과 밥알을 놓쳐 버린 물고기
　물길 차비를 톡톡히 치르고서 물의 숨은 그림으로 들
어간 농아 남자

　마지막 수화, 봄바람은 그의 수많은 입이다

동굴 시대

반짝이는 것들이 치고 들어온다

누군가 제 길 끌고 왔다가 빠르게 사라지자
잠시 밀실까지 환해지는 흉내를 내 본다
긍정의 떨림으로 몸살나는 빛은
부스러기들만 떨어뜨렸다

구석기 시대의 잠 속에서
가지고 놀던 볍씨 몇 알
마늘 먹고 천일을 들뜬 웅녀의 기억은 이제 눈곱 낀 화첩

이제 새벽으로 갈아타지 않겠다
먹구름을 닦으리라는 아침에 휘말리지 않겠다

퍼내도 퍼내도 끝없이 푸른 하늘이 딸려 나오는
빛의 서식지
그 득시글한 세상의 소란에 헛배 부른 채
잠과 깬 잠 사이에서

천년의 굴절로
나는 모호하다

세상은 나를 통과하나 나는 한 번도 통과하지 않았다

굴러가는 것들

푹 익은 가을이 거리에서 꼭지를 따는데
아무도 거들떠보지 않는다
딱딱한 껍질 안에서 뺨 붉히며 밖을 살피는 밤

갈색 모자에 밴 일 년의 땀방울이,
얇은 귀에게 미안해하지 않을 악기 소리가,
어느 하늘 모퉁이에서 외눈이 된 기도가,
있을 텐데

알밤의 세밀화 안에서 달달하게 살찌려 했을
언뜻 보면 밤인데, 슬쩍 변신을 할 기세로
두루 매혹시킬 가을을 품었나 본데
함부로 굴러 채이며
가을의 짙푸른 산소가 턱없이 모자란 너도밤나무들이
멋대로 찍은 쉼표처럼 여기저기에서 짐꾸러미를 내려
놓는다

헤매고 다닌 거리에서 잡담 가운데에서 맹물 TV 앞에

서 그런저런……
　　제 안의 가을을 묻고 따지려다가
　　입을 막고 다시 쳐다보는 너도밤나무
　　진짜와 비슷한 나도 나도
　　차려놓은 것 없이 헤픈 잔치에

즐거운 크리스마스

피아노 학원에서 돌아오기가 무섭게 피아노 앞에 앉는 아이, 건반을 두드리면 가슴이 석류빛으로 벌어지며 뒷날의 박수갈채에 자신을 포개 놓는 엄마

태엽을 감으면 줄줄이 쏟아지는 음계, 엄마는 닳아가는 건전지만 간단히 갈아 댔고 아이는 너무 많이 먹은 콩나물을 토해 대며 달달 돌아갔다

온몸을 실어 크레센도로 건반을 두드린다 피아노의 등골 부서지고 가루 날리는 음계들 검은색과 흰색의 차갑고 각진 모서리를 따라 냉혈이 서서히 가슴으로 흘러드는 어린 파충류

숨어 버린 아이가 날려 보낸 음계들이 눈송이가 된 놀이터에서 콜라겐 반들반들한 엄마가 아이를 부른다 눈을 뿌리며 뒹굴고 있는 아이, 엄마 들어오지 마

아이의 건반을 타고 루돌프 사슴이라도 달려왔다면

일 년 내내 크리스마스트리의 전구를 켰을 집, 하루의 눈
밭을 굴러다니는 메리 크리스마스 한 밤 자고 나면 피아노
소리는 다시 고층 아파트의 외진 계단 턱을 밟고 구름층까
지 올라가야 한다

보일 듯이,

폐쇄 정신병동에 불이 났다

연기가 걷히자 벽면에 오려 놓은 듯한 검댕이 손바닥
십 년을 갇혀 있던 그가 남긴 마지막 몸짓이다

까마득히 두드려도 머리칼을 다 태워도
꿈쩍도 하지 않는 문의 불감증 앞에서 곱게 죽기란 쉽
지 않았다

살아서 피우지 못한 불꽃이
속없이 찾아온 날
바람막이가 되어 보지도 못하고 사라진 어느 집 가장
이었는지
자식에게 밀려난 어느 노부모였는지……

헤진 날개를 파닥거리는 나비들
노을을 다 태워 버리고 가야 하는 꽃밭은 어디에 숨었나

불의 소용돌이를 식혀 주고 있는 가을비
반겨 줄 집이 따로 없는 나비들이 또 들어가야 하는 벽
타고, 비는 식은땀을 흘린다

머리가 가벼운 나비들의 집에 불이 났다

인형의 방

볼때기가 통통해서 나이를 먹지 않는 게 아니다
늘 가려운 풀씨가 돋아나는 입가는
미소를 풀어 놓지 못한다
문에 매달린 시선
이 방에는 한 사람만 들락거린다
늙은 아이가 빈 백지로 복사되었던 십 년
나도 성장을 멈추었다
먼지가 밋밋한 살에 모근으로 박히고
한 번도 빨지 않은 원피스의 물방울무늬는
파삭파삭한 방 공기와 밀고 당긴다
오늘도 늙은 아이는 이맛살을 찌푸리며
재미없는 글자를 그린다
나는 하품이 나오려는 걸 오물오물 씹어 먹는다
스멀거리는 눈물초롱꽃을 깜짝거려 봉오리를 부러뜨
린다
부글거리지 않아서 심심하다
더더귀더더귀 매달리는 졸음
살이 튼 장식장 위에서

나는 빨간 머리칼을 흔들어 본다

뿔난 수화가 늙은 아이의 뒤통수를 꼬집는다

처음으로 입가의 풀씨를 폴폴 날려 보낸 뒤

눈 부릅뜨고 발을 훈련병처럼 굴러 본다 얍, 해피
투게더

가족

집게는 빈 조가비를 뒤집어쓰고 산다

엉기적거리며 눈빛에 쏘여 나온 할머니
조가비 밖, 헐거운 몸을 공원 벤치에 걸쳐 놓는데
둘러보아도 누울 곳이 없다

해시계는 정오에서 가다 말고,
할머니의 빈 뱃속에서는 재미없는 공기놀이가 한창이다
할머니 눈 흐려지려고 동그랗게 몸을 말 때
시야에 걸터앉는 강아지
주인은 밑을 닦아 주며 봉지에 오물을 담는다

말뚝에 매어 놓은 시간이, 그 어지러운 머릿속이
검게 채워지다가 하얗게 비워지고

해시계의 다리가 다시 절룩거리자
할머니는 쪼그라진 자루 펴지듯 일어선다
옆길로 새는 한 걸음 한 걸음 모아

초인종을 누르니 며느리가 눈꼬리 길게 째고
배 빵빵한 개는 누구냐고 깡깡 짖어 댄다

남의 조가비인가 보다

코믹 드라마

재생 재도전 재출발 재탕…… 재 자字의 말벗들이 도란거린다 쑥스럽고 뻔뻔해야 하고 미안하고 아뜩한 옴붙은 것들 옴 떼려 몸부림치는 것들

너를 읽을 수 있다 나 또한 비온 뒤 눈치 없이 자라나는 재 자字의 균사체

시대는 바뀌어도 실패는 늘 복고풍으로 온다 날림은 무릎을 헐고 기면서 온다 올지라도 푸른 목발처럼 일어나라는 속의 말

소리 기어든 재 자字의 말벗들이 장미꽃을 달게, 하늘의 손금처럼 퍼지게

산 너머 오지, 오지 너머 사막, 사막 너머 미개척지, 미개척지 너머 아직 도달하지 않은 우리들의 물 오른 미래, 오후의 나른함을 즐기듯이 너를 간질일 수 있다면 너와 앞서거니 뒤서거니 히히거리며 오는 말 가는 말의 어깨춤으로 재재거리며

폭탄 머리

원하는 것이 엎어지면 코 닿을 데 있는 것도 같은데
코는 안 닿고 외짝 귀걸이가 가락을 타네

좋은 소식은 굴러 오지 않지
목구멍에서 그르렁거리는 건 꼬인 바람 뭉치가 아니라
머리에서 터지려 벼르는 것은 뇌관이 아니라
동글한 껍질째 쏙 빠져나오는 가락이라니
이쯤 되면 나도 쓸 만한 녀석

속이 썩는 일 아니지
군말 없이 흐느적거리는 춤이라니까
마디마디 간절간절간절이 다족이 된
다족류의 애인인 나는 노상에다 다리를 버렸지
방향 어디로 틀지 몰라 종점 어딘지 가물거려 히히 막
춤이나 추지

홍조가 가신 시간만 저 혼자 흑흑,

불량한 시청자

숟가락이 단골 항로를 벗어나지 않는 게 신기하다

저녁밥 때, 또 악천후다

새카맣게 새하얗게 새 떼들 몰려나오는 TV 일일 드라마

천장과 벽을 찢는 소리들은 낙뢰보다 위험한 새 떼들

항로를 이탈하지 않으려 단단히 잡는 숟가락

고등어 살의 비린 풍기문란과

무말랭이의 비틀어진 시각과

깍두기의 농축된 신물이

눈먼 소리들을 피해 가슬가슬 비행한다

울며불며 신파조로 속이 타는 새 떼들

비행운이 슬리퍼처럼 끌리고

냉국에 떠운 오이지 조각의 삼투압은 비지땀을 흘리고

목구멍으로 넘어간 음식물이 다른 은하계로 도망가는
데 눈치 없는 새 떼들 쫓아내도 어느새 달겨든다

뻐꾸기 기르기

귀가하자마자
뻐꾸기시계가 열 번 울 동안 옷을 벗게
뻐꾸기가 다시 빈자리를 품는 동안 샤워를 끝내게

그다음은 안 보아도 뻔하지
꼭 닫힌 입이 자루를 벌린다는 걸
닥치는 대로 먹거리를 쓸어 넣는 너는
수고 많은 날이었다고 스스로를 토닥거린다

음식물로 부푼 배가 소파에서 무너진다
고개 쳐드는 공복감, 별 본 지 아득한 너에게
분위기 띄울 밤이란 오지 않았다

빈집 지키는 일에만 열중하는 뻐꾸기
알 낳으려 다른 새의 둥지를 기웃거리는 뻐꾸기와 다른
게 탈이다
별빛이 네 공복감으로 반짝인다면 밤하늘은 왜 그리 까
막눈인가

40

오늘도 쓸 만한 가지 하나도 물어 나르지 않았고
가슴은 출렁대지 않고 푸른 하늘은 열리지 않았다

그런 네가 바로 나라는 게 말이 되냐 정당한가
아침이면 늘어진 패스트푸드 죽 자루가 현관문을 나
서겠고
종일 녹슨 시침을 물고 뻐꾹뻐꾹,

붉은 메시지

앰뷸런스의 충혈된 눈이 빠르게 두리번거린다
환자의 몸속 둥이 하나하나 꺼질 때
질주하는 차들을 비집고 으깨지는 SOS,
금 밖으로 밀려가는 숨을 당겨 보려 속이 탄다

오늘 목가풍의 바람은 불지 않고
살풀이를 하려고 바람은 소복을 입었다
앰뷸런스는 빗장 걸린 병원과 끝도 없이 속씨름을 해
야 된다
길 비켜 주지 않는 차들을 비집고
잉잉 울면서 미로를 헤맨다

허연 김 뿜는 병원 냉동고로
청색 손톱과 굳은 간 줄줄이 들어간다
거리에는 구름 손이 주물거리며 천둥 번개를 반죽하고
목 부러진 칸나 즐비하다

물 건너간 소식

그 옛적 여기는 물이 장난치는 바다였지만 끓어오르는 태양 볕 아래 빛보다 빠른 걸음으로 짜디짜게 부풀어 오르는 소금의 난민촌

소금 덩이 싣고 낙타는 사다리를 오른다 검붉은 머리 익어 가는 증권맨 저 꼭대기, 상승지수 타야지 빨간 지수가 산맥을 넘는다 파란 지수가 눈동자를 찌른다

하늘까지 터를 묻은 소금 기둥이 하얀 피 뿜던 그 아침, 한 컷의 사막이 사라진 뒤 마주 달려와 깜짝깜짝 터는 옛 말, 소년의 바다가 놀이 기차처럼 달려오곤 했었지요

꼭지까지 물러터진 태양이 머리에서 돌고 바다의 인기척마저 증발하는, 물 한 모금조차 쓰리게 약이 오른 그의 몸, 어느새 소금 사막이 되어

립피쉬

땡볕 더위에 잎맥만 남은 이파리 하나
지하도 계단 바닥에 누워 있던 청년은
양말까지 신고 노르스름한 병색이었다
젊음이 더 이상 수작 피우지 않아서 좋아? 싫어?
스스로 묻다가 무거운 짐 원 없이 내려놓았다
립피쉬라는 물고기는 물속 바위에 낙엽처럼 매달려
산다
콘크리트 계단에 몸을 붙인 청년의
물살을 떨다 만 지느러미
뢴트겐에서 춤추던 가시, 가물가물
동전 몇 개 등록상표처럼 찍혀 있는 손바닥과
염주 감은 손목의
그림자만이 화끈거린다
채 풀지 못한 과제 놓아 버린 손아귀
청년이라는 이름만으로도 세상의 푸른 이마였던 그의
꿈이 요새에 갇혀서
해저로 달리는 환상 열차
잎사귀인지 물고기인지를 한 땀 바느질한

지하도 계단으로 오르내리는 이들이
다리 하나 하늘에 걸칠 때

바람의 이력서

바람도 모두의 가족, 군식구도 식구니까 흔적을 남겨야 한다고 물고 늘어지는 자에게 축복 있으라

보통은 무명씨였다가 기분 따라 사라니 매미니 꽃샘이니, 하면서 생존의 티를 내는 이름

어딜 가나 따라 다니지만 통 도움이 안 되는 생년월일, 기원 전부터 거슬러 가야 할 나이

사계절 꽃 구별하고 장마 낌새 알아채고 가을 잎새들 망가지는 꼴 틈틈이 익혔고 겨울의 얼음 이빨이 얼마나 지독한지 다진 기초 학력 튼튼하지만 위에 쌓은 게 부실한 학력

직업이라고는 기웃거린 게 몇 되는데 일찌감치 물 건너갔음 백수 자서전 한 권 내볼까 함

특기가 뭐냐? 잘하는 게 하나라도 있으나 없으나 매한가지 잘하는 것과 내세울 것은 사뭇 다르다 내세울 게 너무 많은 부류들이 세상을 쥐락펴락, 내가 투명옷을 입은 이유는,

취미는 수다 떨기 아니면 침묵에 못질하기 수다를 떨

다가 폭발해 버린 활화산을 아시나요? 연미복을 입은 펜으로 지휘봉을 드는 일은 수다 떨기의 변형, 기형 모음집이 산더미인데도 허공은 참 깨끗하지 않나 활화산이 피식피식 꺼지고 사화산으로 돌아가 일상 이어가기

　가족 사항에 뭘 쓰나 때 되면 홀로 블랙홀 같은 입천장을 딱 벌려 음식물을 마구 빠뜨리지만 알콩달콩한 가족은 없다 가족이란 머릿속이 하얗게 빌 만큼 굉장한 판타지 아님 죽기 살기로 피 터지는 전쟁터려니

　이걸 어디에 내미나 내민다고 받아 주나 나도 안 보이는
　바람을, 부르는 자의 이마에 붉은 꽃잎 붙여 줄래

2

이색 광고가 때로 유혹해요

초콜릿 농장으로 놀러 오세요 입장료는 없는데 조건이 붙지요 사랑을 잃은 이만 들어올 수 있어요 팔다리나 눈을 잃은 사랑에 의족과 의수, 하얀 지팡이나 안내견을 붙여 주는 거지요

초콜릿 열매와 초콜릿 푸성귀가 사철 시들지 않는 초콜릿 농장에는 초콜릿 별도 뜨는데요 당신에게는 무엇이 맞을까요 마음을 주면 금세 들키고 마는 초콜릿은 얼굴이 얇아서 거짓말을 못해요 잘 돌보지 않으면 풀어진 내장처럼 고약하게 되어 버려요

평생 독신이었다는 그 여자는 초콜릿을 주식만큼 즐겨 먹었다 해요 모든 사랑은 달콤하고 쓰다는 것으로 속풀이하며 사랑의 노래를 불렀다네요 그 노래가 어느 돌귀를 두드렸는지 알 수 없지만 숨어서 무우수나무를 키웠는가 봐요

초콜릿 농장은 어디에 있을까요 좀 이상스런 약도라

고요? 마음이 땅을 갈고 호미질을 해요 초콜릿 씨앗들이
심어지고 빠르게 자라네요 초콜릿 별도 뿌리고요 가위
질해 버린 사랑이 돌아와 한 치 앞도 안 보이는 밤길을
다 따 먹겠지요 꼭 한 번 들르신다면,

옥수수 편지

껍질과 수염의 시간이 뜯깁니다
여문 글월 반갑습니다

편지글 읽으려면 시간이 좀 걸리겠지요
구멍 칸칸이 메워 가며 수확물을 들인 당신과
한숨을 불리고 있는 나와의 시차 간격 때문이지요

방금 찐 옥수수는 식물성의 성곽을 보는 듯합니다만
뜨거운 김에 쏘인 글월이 톡톡 또렷해집니다
한 입 베어 먹습니다
한 줄 읽혀집니다

노란 알맹이가 빽빽한 편지글에는
당신이 바친 숨이 착하게 묻어 나옵니다
이 오지를 찾아온 문안 인사네요
나의 기나긴 겨울 테마에 대한 당신의 안쓰러움에는
이슬방울들의 숨긴 기호가 드러납니다
이제 입을 털며 당신의 밀담을 오래 굴려 볼 것입니다

물고기 나무

산책길의 겨울나무 의젓하다, 하건만
혹독한 밤을 떠올린다 괜찮은 거야 괜찮은 거야
나무들이 햇빛 조각을 언 살에 붙이며 서로를 다독인다

겨울이면 물고기가 되는 나무는
찬바람 속에서 틱 떨어지는 듯 허리 휘는 듯하여도
무릎을 꺾지 않는다 쉬지 않고 물살을 차는 지느러미는,

물고기들은 하늘에다 눈 붙여 놓고 봄의 낌새를 알아
챈다
얼어 있는 수면에 속지 않는다
까칠한 비늘 위에 소름 대신 돋는 별

아가미가 멈출 때까지 물살을 튀기며
악보 없이도 끝까지 괜찮은 곡을 완주하는 이들이 있다
세상 별별 장바닥의 아가미 붉은 물고기들
추울수록 눈금을 더 늘이는 나무들이,

온코 워킹*

나쁜 식객들이 찾아온 거지
신선한 살점만 뜯어 먹고도 투정질
내 몸은 너무도 낡았으니 떠나라고 달래며 떠다밀기
도 하였으나
게걸스러운 입들을 떼지 않았다

바깥으로 뛰쳐 나가려니 따라 나왔다
누구냐 너희들은 대체
끔찍이 미워하는 것들의 은신처인 머릿속은
불유쾌한 망념들 고물고물 싸움에만 골똘하였다

집을 잃었군 가엾게시리
식물성인 내가 동물성인 나에게 가만히 속삭였다
땅 위 모든 것들의 뿌리는 흙이 집이야 두 발 넣고 들
어가 봐

마음에서 돌무덤들을 골라 내는 나날
불량기로 똘똘 뭉친 세포들이 흙에 뿌리내린다고 간

질간질

　멋대로 떠돌던 몸이 집을 짓느라 분주하다

　떠날래요 힘들고 질겨서 못 먹겠어요
　허덕거리며 손사래를 하는 식객들

　키운 분신들이 등 돌릴 때에도 살 길을 거머잡던 뿌리는
　이제 암 보시게 라고 또박또박 편지를 쓸 여유도 생겼다

　　* onco walking. 암 환자의 걷기 치료법.

잊은 뼈

엉덩이 무거운 구름 속에 가지가 숨었다
새 집 한 채 등마루를 일으킨다
밑그림으로 새겨 있는 인부들의 흙빛 뼈

　한참을 두리번거려야 흐릿하게 잡혀진다 집 뼈대의
일부가 되어 버린 그들 조금씩 숨차 오르던 단내 옹골지
면 출렁거리는 뼈들, 팔 저리지만 놓아 버릴 수 없다 열
매는 또 다른 자신이기에 집 모양새 내며 살 붙일 때마
다 품 넓히는 호탕함이며 세상에 나 아닌 게 없다 하여
귀창을 부수었던 비바람조차 순하게 재운다

초고속으로 하늘을 타는 가지들
울룩불룩 퍼런 핏줄이 가을 햇살을 업는다
흔한 기념비도 없다
걷히지 않는 구름 속 황금 무게, 사원의 빛

인동덩굴

살아나야 한다

살아내야 한다

하얀 극약의 눈보라 치고 얼음 방에 갇혀 식물의 잠 내
리는데

가는 허리, 가는 전선만 남았으니

전선 안 피는 상하지 않았으니

피 흘러, 별빛까지 닿아,

매혹의 그날 곪아 터진 향기로

옛말 해야 한다

옛말 삼켜야 한다

붉은 귀

방음벽이 된 담쟁이들
질주하는 차들의 소음이
담쟁이들의 임파선을 따라
온몸에 퍼져 있다

제재소 안에서 재목으로 다듬어지는 나무들
농아 남자들이 온몸을 풀어 나무의 절규를 그물 친다
죽은 나무 달아오르게 닦달한다
하늘로 뻗은 길인 줄 알고 한사코 기어오르던 담쟁이
들이
실금도 흘리지 않는다
발이 허공에 닿는 순간 금단의 벽 앞에서
어름거리다가 불타는 시선
내리막 따돌리고 하늘을 통째 삼킨다

휘우듬한 나무들 뽀얗게 반듯해질 때
귀동냥 비껴간 귀들 분주하다
담쟁이들이 콘크리트 방음벽을 감쪽같이 빠져나간다

새로 단 귀에 모아지는 별, 바람, 비의 이야기
밀어들이 갈기를 펄럭거린다

멍든 나비, 스킨십

그녀는 매 맞는 역이 단골인 단역배우
피멍이 가실 새가 없다

물큰 삐져나오는 얼굴들
주물러 빚고 싶은 수많은 자신들 고개 쳐드는 나날
개런티가 급수를 매기는 건 아니라고
중저가 옷 입고 공작 날개를 펴는 그녀
뭇 시선 털어 버리고 수런거리는 바람을 탄다

멍든 나비 좀 봐
남 이야기하듯 잘도 웃어넘긴다
거죽만 상해 주면서 여러 생을 넘나들며
뒤끝이 없는 타인으로 남는다

변신의 리듬을 즐거이 탄다는 것을 민낯이 느끼기까지
터지고 되돌리고 바람맞은, 시간들

베어 낼 달빛도 없는 출출한 밤

그녀의 검죽은 살빛을 치며 터져 나오는 웃음의 골 세
리머니
내일은 어느 통뼈가 바람난 사내처럼 달려들지
멍든 날개가 뼈를 맞춘다

상표는 볼 만해서,

　시장바닥에, 빨간 고무대야가 소의 내장을 한 아름 안고 산다
　두고 보자는 말을 할 줄 모르는 입과
　비린내 싫다고 싸매지 않는 코와
　북새통 시끄러워도 틀어막지 않는 귀와
　꼴불견 못 보겠다고 가리지 않는 눈이
　두루뭉술하게 그의 얼굴이 되었다

　검붉은, 물컹한, 비릿한 물은
　본래 금관을 쓴 작위가 없다는 것

　3D 일의 한가운데에서 사내는
　질깃하게 자리를 붙이는 법을 안다
　빨간 색소와 카드뮴을 흘리면서도 얼굴이 멀쩡한 고무대야와 어느새 한통속
　알게 모르게 마신 슬픔 한 사발 따위는 녹여 버리고
　늘 붉은 아침을 여는 얼굴

구름 약국에 가 보았지

한 자리에서 질기게 떠돌았다 하루도 빠짐없이 꽃을 바치다가 헤져 버린 하늘은 내 눈이 찾아가는 지도, 비가 올 기미는 없다 내 앞은 끝없는 건기일 거야 구름 약국은 언제 문을 열어 쓸 만한 물약을 쥐어 주나

장식으로 매달려 있는 고무 귀를 접었다가 튕겨 본다 말 한 귀 가슴을 친다 간절하다면 땅에 귀 대봐 뿌리를 그려봐 마침 종이 울릴 때까지 멈추지 말고 불붙은 꼬리까지 견뎌내

간판을 뗀 구름 약국은 사라지고 물길을 탐색하는 지하 생활자

해저 동굴에 들다

노을에 물든 그녀에게 아마릴리스, 라고 불러 주면 썩
어울릴 석양녘

산길을 달리던 차가 갑자기 낭떠러지로 곤두박질친다
뭉개 터진 노을을 쓰고 깊은 잠에 빠진 그녀

멍한 눈 음식물 관이 끼워진 코
모니터에서는 심박동이 바들거리는데

입과 귀를 묻은 심해에서 물살을 흔드는 깊은 잠

심해 갯지렁이와 관해파리가 그녀의 이마에 그림 문
자를 새기고
대왕오징어가 뻐드러진 발뒤꿈치를 물었다가 놓는다
오래전 가라앉은 남자의 속삭임이 잡히는지
가릉 가릉, 가능可能 가능可能 웃음 짓는 그녀는
애물단지라는 뭇소리에 기죽지 않는다

빛 한 오리 찾아오지 않는 해저 동굴에서
그녀는 아무도 건드리지 않는 꿈을 꾼다

요리사

어둠을 호벼 파는 고깃덩어리의 붉은 육질이 번들번들
그녀가 다리를 찢자
떨어져 나간 자리에 금세 새 다리가 들러붙는다
요리칼이 전기톱처럼 날뛰지만
머리카락 한 가닥 빠지지 않는 사내

밤마다 잔인한 요리법에 골몰하는 그녀의 머리에서는
노릿한 냄새가 찐득거리고
활화산을 잘라 토막을 내고 있다
산발한 잠 속으로
비명에 간 외아들이 찾아온다
이유 없이 휘둘렀던 비수, 그랬다 사내는
이목구비가 붙어 버린 고깃덩어리는
그녀의 칼질에도 신음조차 뱉지 않는다

누구냐
돌투성이인 가슴, 가시거리 제로
몇 달 만에 불을 켠 방에서

자신의 모습이 낯설어 되묻는 그녀 앞에
벌레의 냄새를 맡고 출몰하는 벌레들
구멍, 틈, 밑바닥 같은 데에서 알을 까는 적의들

커다란 귀뚜라미 한 마리가 더듬이를 놓칠 때
보름달이 도마 위 핏물을 씻는다

유리한 배경

마른 공기가 부풀어 오른 방
물 감질나는 어항 바닥에는 하얀 자갈이 누르스레하
게 변했다
자갈 위, 작은 돌들은 오래된 책에서 날아온 유물 같다
사기로 만든 물오리와 청개구리의 발은
작은 돌 위에서 엉거주춤
다음 동작으로 넘어가지 못했다

돌보아 주는 사람의 눈길이 식어 가면서 붙들린 이들
의 발목
몸 구석구석에는 물때가 꼈다 가문 날도 많았다
배경은 주인을 닮아 간다
일 년 내내 햇빛은 모로 꺾였고
못에서는 물비린내도 안 난다

윤나게 닦은 어항 안은 수초도 잠을 깨는 못
큰 맘 먹고 어항을 청소한다
(뒤집어 탁탁 털어 나를 얼렁뚱땅 동그라미 쳐 주었던

것들을)

    솔질에 씻겨 나가는 물때

    그런 뒤 쥐나게 서 있던 물오리와 청개구리에게

    마땅한 자리를 잡아 주고

    추문도 불러 앉혀야 할 반석에 물을 부어 준다

    잠시 고이다가 달려가는 물

    내 안의 푸른 이마가 소스라치게 잠을 깬다

이 멜로드라마는 지칠 줄 모르나,

모래밭에는 걸어온 발자국이 찍혀 있지 않다
부러진 다리들만 풍장을 흉내 내며 말라 간다

누군가를 엿본다
단산된 꽃나무 간지러운 꽃 피우고 박하 향 올리며 살
아나는 다큐도 보인다
사막을 가로지르는 저 다리들

먼지들의 발품을 따라간다
털어 내도 기죽지 않는 먼지의 뿌리인 날개들
먼지 못지않게 작아진 나도 농담을 바르며 날 수 있겠군

저 홀로 뜨거운 뿌리들과 입을 모은다
이 멜로드라마의 끝은 모래 폭풍 뒤의 고요거나 준비
된 해피엔드라고

고래가 독서한다

내 잠 속에는 고래가 산다
산다니까, 나는 변명을 꽃다발처럼 흔든다

먼저 잠드는 글자들
잠든 귀뚜라미들이 책 속에 어질러져 있다
귀뚜라미 한 마리를 뚫어지게 보다가
나는 바다로 간다

혹등고래들이 기포를 뿜어 낸다
기포들의 그물 안에 갇히는 정어리 떼
어떻게 포식해야 하는지를 알고 있는 혹등고래들이
책 한 권을 다 읽었다

속아버린 낮잠에서 깨어난다
튀어 달아나는 귀뚜라미들을 어떻게든 잡아 앉혀야
하지

내 잠 속의 고래는 다시 심해로 떠났다
신비한 울음의 문신을 남기고

밤의 주문

스탠드 켜고 히말라야 간다 책 펼치니
팽팽한 하늘에 오려 놓은 낮달 눈부시다

어젯밤 김 선생은 고산병에 다리는 후들후들 숨은 마
시지도 뱉지도 못하고 별조차 놀러 오지 않았다
 고작 해발 5천 미터에서 나도 숨이 차서
 하늘에 걸친 계단만 올려다보았다

그제 밤에는 양치기 아이들의 터진 맨발과 종일 배곯
으며 풀 귀한 산악을 넘는 양 떼들의 가녀린 울음소리에
김 선생의 캠프 안 글썽거렸던 별들
 그들 두고 나 혼자 잠 속으로 미끄러졌다
 꿈이 까맸다

제일 높은 눈산을 부스러뜨려 가슴에 집어넣어 본다
쨍, 소리 흐리터분한 속을 비춘다

매일 밤 아껴 아껴 잠드는 맛

눈산은 하늘의 신전을 짓는다

점점 바닥이 깊어지는 방에서 붙잡은 히말라야

주문이 달아오른다

행방

칼바람이 얇은 잠바를 스친다
은행의 출입문이 납작한 호주머니를 스친다
분주한 발자국들이 무점포의 한 뼘 공간을 스친다

일터로 향하는 눈들이 얼음 눈들을 스친다

허름한 종이 박스 위에 돋보기 스무여 개 앉혀 놓고 서
성거리는 노인
저놈 저놈들
넉 잠까지 자려나 얼른 일어나야 할 텐데
의안같이 눈 뜨고 자는 불쌍한 것들

먼지를 붙이며 내일을 바라보는 돋보기들
수많은 얼음 눈들은 어느 깊이에서 두근거리는 가슴
을 잠재우는지
푸른 달은 어느 후미진 방을 비추는지

무거운 과제물들을 포갠 누군가의 미래에

돋보기는 살가운 입김으로 닦여져
쨍한 얼음의 도수로 세상을 건너가리라고
노인은 거리의 심심한 눈들을 스쳐 보낸다

붓질하는 남자

손을 부리려다가 비를 몰았다
먹구름 덧바르는 날들
페인트 냄새가 비의 막창, 대창처럼 쏟아져
남자의 꿈자리조차 지저분한 물탕으로 젖곤 했다

물귀신 놀음이 따로 있나
이 비가 색색 꽃송이라면 어떻겠어,
밑도 끝도 없는 생각이 꼬리를 치면서
남자의 눈빛이 살아난다

작업복 위 페인트 방울들 수만 꽃송이로 벌어진다
뜨거워 뜨거워 꽃의 염천
하늘에 거꾸로 매달리는 땀방울들
바짓가랑이가 사다리 위에서 탱고 춤을 춘다

마을버스

바람이 천막을 쳐 놓은 동네에는 밤이 되어도 어두워
지지 않는다

기운 어깨들이 오돌뼈를 씹어 대는 실내포차 지나 언
덕배기 올라
흐린 가로등 아래 허름한 문들이 살 비비고 있는 골목
골목
그는 마지막 발품을 판다

산꼭대기에는 하늘을 떠나지 못하는 사람들이 산다
색색 스테인드글라스 창을 단 별천지가
전생에 두고 온 동네 같다는 사람들
얼음길을 타는 별 그림자들이다

아직 올라가지 못한 별 그림자들 앞에서
부신 눈알을 다는 밤
바퀴 소리, 회차라는 유혹으로
공기살 폈다 오므렸다 허공을 울린다

3

슈퍼 애인

　우리의 애완동물은 무럭무럭 진화한다
　'결핍 메우기 연구소'에서는 드디어 새 애완동물을 내
놓았다
　만지면 피가 돌고 주인이 슬퍼하면 눈물을 흘리거나
즐거워하면 꼬리 치는 신통한 녀석이랬다

　한물간 로봇 애견은 다리를 분질러 버리면 되는 거구
　개는 죽는 일이 없으니 내 가슴에 껌 조각도 묻지 않아
다행
　철이 난 것들, 배터리만 바꿔 주면 나를 귀찮게 하지
않지

　수많은 서랍들 열리고 닫히는 도시에서 칸칸이 홀로
　애완동물을 끼고 사는 우리들

　동물들은 2010년도 이래로 사각사각 멸종 중
　가슴을 마당처럼 펼친 이들이
　흙냄새를 피우며 동물들을 품는다지

어느 변두리에는 청진기를 목에 건 늙은 수의사가 있
다지

친구는 시간 타령 애인은 선물 타령
애증의 뒤치다꺼리에 머리가 지끈거려
나는 로봇 애견하고만 살사댄스를 추지

밤새 껴안고 충전될 눈먼 핏줄 둘
우리의 동물도감은 얇아지고 한 다리로 서고

집의 조건

이곳은 사계가 뚜렷하지 않아 외출하고 돌아온 뒤끝
에야 계절을 짚을 수 있다

가랑잎 한 손이 나를 따라왔지만 아직 이런 것과 대화
를 나누지 못한다 그냥 버석버석 말라 가는 동지의 느낌
이 좋다고 할까

지인들에게 다가가 말을 붙여 보나 모두들 딴청이다
느티나무의 안주인 행세를 하는 이도 찾아갔으나 쫓겨
나왔다 침입자로 알고 있나 보다 그들 손사래에 점점 익
숙해진다

등불 없는 이 집은 폭풍이 불어도 눈보라가 덮친대도
끄떡없다 흙내로 이불을 덮거나 자연식 만찬으로 삼는다

겨울은 무성하게 얼음 나무를 심을 준비를 하고 나는
다리를 접으며 귀를 은하 쪽으로 열 때 절은 상념들이
쏟아진다

아무도 찾아오지 않는 곳에서 나는 점점 작아지고 집은 턱없이 커진다 하늘이 지붕이 될 수 있다는 생각을 이어가느라 자신을 다독거린다 별똥별들이 쓸쓸한 유전자 안에 들어와 박히기를,

　무덤 밖으로 찬바람이 거대한 집을 짓는다

물영아리*

쉬이 펼쳐지지 않는 책에서 물이끼가 자란다

나를 꼼꼼하게 읽은 이가 없다
표지만 보다가, 첫 장만 들추다가, 휘휘 넘기다가
전부를 안다고노 했다
누군가 등을 돌리고 간 뒤끝
종이 냄새 가느스름 딸려 나가고
담수 흐린 가슴 한복판이 요동치다가
골방 깊숙이 묻힌다
쉬지 않고 달려왔으나 달려온 흔적이 없다
달변을 부려놓지 않았고
해박한 지식을 꾸리지 못했다
바닷속 풍요로운 구경거리가 없는 나는
겨우 개구리밥과 작은 물고기들이 노니는 삽화를 품
었다
별에게 걸어 두었던 시선
숨 고르며 낱장들을 비추는 시간
천년쯤 시들지 않을 꽃을 심으려

거울 속으로 걸어 간다 진흙 속에는

일몰과 눈보라의 끄무레한 문장이 녹아 있다

돌 속에 가둔 누군가의 눈을 두드린다

이마를 가리는 어둠을 다 살라, 트일 길

선뜻 끌리지 않는 책이 밤새워 읽혀지는 건 행복한 결

말이다

   *제주 서귀포에 있는 습지 이름.

하얀 그늘

언제부터인지 세상의 눈들은 노인을 피해 갔다 대화에서 떨려 나갔고 찾는 이도 외출할 일도 없이

기다란 하루가 하얀 머리털을 끌며 느린 숨으로 이동한다

외계의 물감으로 칠해진 풍경들 너무나 고요해서 눈이 부신, 허공을 치면 은빛 모래가 쏟아질 것 같이, 눈먼 비경으로 다가와 유혹하는 침묵, 어떤 보호막도 이보다 안전하지 않음을 노인은 알고 있다

단 하나의 고분고분한 눈 맞춤으로 마을을 여는 밥때, 밥알 하나하나의 눈들이 눈물의 투정으로 바뀌고 한 바퀴 돌고 나와도 사람 구경을 하지 못하는 빈 골목을 노인은 지운다

깊은 바다를 치고 나온 물살의 손짓 발짓, 물 밖의 자신을 깨우는 소리

노인은 인연이 다 털린 조립식 집을 떠나 우주의 본집
을 찾아 나가려 벼른다 다음 생의 정겨운 집 손꼽으며
기다란 하루가 외투를 벗으려,

압화

눈이 온다
백 년을 충혈된 우물처럼
백 년을 뜯지 않은 편지처럼

세상의 소리들은 봄을 둥글려 고지를 짓고
시간을 역행하는 눈발들

누군가의 입김을 비망록에 담아 낼 수 없는
싱겁고 밋밋한 내 눈의 기록

누구에게도 속해 있지 않은 자 세계에도 속해 있지 않다

창밖 나무들의 가는 숨소리를 듣는다
바닥까지 내려가 떨고 있는 나무들의
빈집
가까이 있어도 닿지 않는 눌린 꽃의
오두막 있구나

집으로 돌아가는 저녁
크리스마스트리 장식으로 눈부신 가톨릭 종합병원 뜰이
가려운 살 긁적이듯 사랑을 홍보한다

중심에서 튀어 나간 눈들이 몰려온다
욕조의 뜨거운 물에 몸을 담그고
어느 누구에게도 부친 적 없는 영혼의 편지를 한 글자
씩 녹인다

오늘 아무 일도 없었다
다만 함박눈이 책갈피 속까지 내렸고 눌린 꽃이 잔기
침을 하였다

연금술사

구경꾼들이 청산가리 냄새를 날라 오네

그를 찾아오는 길목에는 독사 독충이 우글우글
집적거리는 손 닿으면 이내 삭아 버리고
껍질도 벗기기 전에 속이 녹아 버리는

수많은 거울이 우는 문 속의 문

이따금 어디서 불어오는 바람인지
바람길 타지 못하는 그는
스쳐 가는 이들에게는 입맛 당기지 않지
점박이 무늬를 자랑하는 표범이 꼬리 친다 해도 눈길
주지 않지

화려한 꽃 피워 보지 못했지만
아무에게도 바쳐 본 적 없는 금빛 입술을 감추고 있지
그의 입안 가득 자라나는 금의 말
밀림 속에 숨긴 이름 유츄프라카치아*,

거기에 발라진 치사량의 공허, 슬쩍슬쩍 건드리고 내빼지 마 구경꾼들

  * 닿기만 해도 죽는 결벽증의 꽃, 아프리카 밀림에서 서식함.

익숙한 계산

겨울 오후 네 시. 시간의 결가부좌
내가 찾아간 데가 나 없는 곳

세탁기를 돌려 놓고 침대로 향하는 노모
영하의 날씨를 넢으며 달려드는 잠은 서열이 없이

서서히 사물들의 그늘진 낯 쑥스럽게 들킨다
오밤중까지 무덤을 파려 잠시 바람 쐬러 나간 TV, 하
품하는 서가의 책들, 졸음에 겨운 전화기, 자물쇠들을
들고 떠다니는 공기, 노모나 나나

이 집은 떨림이 없다 웃음이 마렵지 않다 사고 치는 애
물이 없다

노모의 손길을 탄 오종종한 화분들이 해바라기를 마
친 후 노모의 잠을 수행한다 잠 속에 하얀 머리칼 한 올
빠지지 않도록 나비들이 놀러 오거나 흰 구름의 모자들
로 가득하게

편모의 어깨 같은 집이 자장가를 부른다
노모의 들숨 날숨을 따라 잿빛 입술을 여는 단조음
흐린 동공의 낮달 노모의 꿈속에 잠긴다

사방 검은 창자벽이 되었다 이 집
물리칠 수 없는 겨울 오후의 학습

집은 껍질 벗겨지며 살 깎아지며 잔상만 남아 거대한
골로 빠진다
환호하지 않는 시간을 신고서 어김없이 내가 구멍이
었다

사이보그들

너 온 날
백조의 성이 뼈대를 세웠지

너를 타면서 우아한 백조가 되려 했던 나는
어느 때부터인지……
기계음으로 끓고 살며
복고풍을 저버렸어
느릿느릿은 뒷골목에 버렸고
시큰거리는 감정 따위는 가시로 발라 냈지

여기저기 굴러다니는 느끼한 오일의 한숨으로 배를
채우는 오분 만의 식사
아슬아슬하게 추월해도 결국은 남의 뒤꽁무니
그런데도 유쾌한 척 굴러 가다니

머릿속 정보망대로 금방 일주일 달리고
일주일의 별 넷 모이면 한 달
척척 살이 붙는 생활의 마일리지

그럴듯한 남의 거죽을 훔쳐보면서
내 거죽에 광택 낼 일에 골몰하면서

십 년을 들볶였던 네 흠집들이 눈부시다
폐차장에서 너의 유골 몇 점이 떨려 나간 세상의 뒷소
리를 엿듣겠고
나는 묵직한 열쇠꾸러미에서 네 골수를 빼 버리겠지

우리가 탔던 길이 백조의 성 너머 은하를 돌아 나온다
몽글몽글 돋는 이 물집은 이상도 하다
수만의 손을 방목했던 우리의 스킨십은 미스터리였을
까 그럴까

지친 갈색의 정물

가을의 갈빗대 불거진 저녁
사마귀 한 마리 엉터리로 걸쳐 서서
마른 다리 접어 놓고
눈이 허공을 더듬는다

병실 창의 조각달이
언 빨래처럼 등이 붙은 채 매달려 있다
병치레를 하는 남자, 가족이 없다
잔광이 남아 있을 때 평생 입을 옷 한 벌 떠야 할 텐데
침상 위 없는 바늘이 남자의 가슴을 뚫고 들어온다

먼저 이빨을 갈아 대는 계절
먼저 동공이 풀리는 저녁
먼저 피 녹스는 부품들

4

저녁의 구도

　사람들 빌딩들 출렁거리는 삶의 1번가에서 익어 가는
밀알들
　잘 짜여진 구도에서 벗어나지 않으려
　어깨는 무겁고 잠은 짧았다

　따로 빗가는 한 사람
　종일 노를 저어 도착한 곳이 무인도다
　가장 살갑고 미운털 박힌 이인칭,
　내가 부르는 내 주인공은
　빈 귀 달고 오는 메아리

　가로등이 하나둘 켜질 때
　사람들은 분주한 동선으로 얽히고
　새들은 덩어리 흩어질세라 뭉치며 하늘의 작업장을
빠져나간다

　떨떠름한 시선으로 구경만 하는 나는
　하루 중 가장 엉망인 때

외줄을 타고 두리번두리번,

방금 철가방을 든 소년이 허겁지겁 계단을 뛰어 올라
간다

별빛

밤하늘이 곱지 않다
별빛은 지칠 줄 모르는 혓바닥
기분을 요리하는 재주가 넘친다
점괘로 지저분해진 밤하늘
일이 꼬이는 자가 별자리를 보는 것은 사막의 지노를
펴는 일

올해의 운세를 살펴본다
빈 바구니 들고 왔다 갔다 할, 염소자리 수
밤하늘이 요동치며 내게 재를 뿌린다
풀 없는 산악에서 염소가 운다

길 호락호락 깔아 줄 듯한 별의 신호등
세상이 카페로 보여 그 속임수에 어물쩍 넘어갈 뻔했
지만
여기는 별들의 무당 소굴 '열려라 참깨'가 통하지 않는 벽

아직 내리지 못한 뿌리를 덜렁거리며
나는 참하게 고개를 끄덕거릴 때가 많다

씨 뿌리는 농부

점묘 같은 황사 속 나른한 눈요깃감들이 떠다닌다 발
작적인 웃음을 뿌리다가 시들해지는 꽃들 허깨비들
얼굴 꽃, 분위기 꽃, 희망 꽃의 외향성에 넘어가지 말
자고 나는 눈을 비빈다

지하도에 부려 놓은 골판지 상자 안에 강아지들이 고
물고물
다들 바닥에만 눈을 박고 있는데
까만 눈 얼른 뜨며 내 시선을 타는 점박이 강아지
어서 데려가 달라며 씨 한 줌을 던졌다

강아지도 씨를 뿌리는데
움막도 짓지 못하는 씨 한 톨
팽개쳐 둔 밭에 호미 자루만 굴러다닌다
저 홀로 백치미에 빠진 백지
눈곱 낀 허물들 흉물스럽다
그 패거리들을 불러 모아 왕초 노릇을 하는 나는
꽤 질이 좋지 않은 농부일 게다
가건물 한 채 밤새 기우뚱기우뚱,

나무 산책

　나무는 땅과 하늘에 살림을 차렸다

　식사를 마친 잎들의 빈 그릇이 바람에 씻겨지는 소리
쟁그랑거린다
　잎들은 음악으로 천하를 통일하려 더 많이 몸을 뒤집
고 굴린다

　땅에 머리를 물린 나무는 생각 덩어리
　천년의 푸른 책을 쓸 궁리를 한다

　나무는 내내 불침번이다
　나무의 깨어 있는 눈이 별빛을 가두고
　가지들은 검은 하늘을 두를 때 더 꿈틀거린다 더 회오
리친다

　잎들이 하늘의 노천극장으로 몰려가고
　뿌리가 잎들에게 빛의 다리들을 놓아 준다

실한 뿌리를 끌고 가는 나무가 허술한 사람 머리꼭지
위에 선다

바오밥 나무를 머리에 인 세상의 테오*들에게

한 덩어리의 몸
등이 가슴을 밀어 앞으로
앞으로 나간 걸음
십 년이 제자리 돌기였다

쓰다 말다 않고 무릎이 해지도록 밥벌이를 했구나 테
오야 시시하게 출렁거리는 가슴과 밥 한 끼 구하지 못하
는 하얀 손가락이 죄스러운 아무것도 아닌 나에게 네 눈
을 푸르게 묻었더냐

내가 주저앉을 때마다 말없이 닳아 가는 빗자루처럼
그렇게 바닥을 익히면서 너는 앞을 지켜보는 뒤였다

네게 되돌려줄 것이 없는 오늘
우리가 얼음 상자에 가둔 시간이 마법의 빛깔로 녹는 날
태양의 수혈 따위를 구걸하지 않는 자,
서로의 주인을 보게 되리
안에서 치미는 조롱을 잠재우고

우주의 어미가 우리를 살릴 때까지 마두금, 마두금을
켜자

* 화가 고흐의 동생.

고흐를 만나다

물에 반쯤 걸친 물고기의 숨소리, 겨울은 중환자 병실이었다 잔설에서 풍기는 알코올 냄새가 아직도 가시지 않는데
바람이 목도리를 풀어, 봄날

잘게 쪼개진 빛 앞에서는 나도 가벼운 잎이다
덕수궁 돌담을 끼고 미술관 간다

미술관을 쓸고 다니는 사람들 틈에서 밀짚모자를 쓰고 입을 꼭 다문 한 사람, 눈에는 실핏줄이 조금 풀려 있고 겉늙은 수염에 빰은 골이 패였다
살아서 볕 들 날 없더니 묵은 공기를 뿌리치며 죽어서야 태양에 들었다

생전의 비애를 알아볼 만큼 가까이에서 골 깊은 주름을 보이는 당신
그림 속으로 내가 들어가는 것은
봄이라 믿어 왔던 거품을 하수구로 몰아내는 일

희망을 곁눈질하는 첫 문이다

숨은 잎 나와라 슬슬 다그치는 봄의 등살
현재 진행형인 낡은 그림들, 내가 치러야 할 봄이다

노란 집

세계의 시침이 멈춘 방

거울 안에는 무표정들만 어른거린다
칸칸이 구멍이 넓어지는 아파트에서
뜨겁고도 차가운 자화상을 만드는, 그것도 일이라면
영혼도 밥벌이를 하는 건가

상상 속에서만 뛰는 심혈관
침대는 한 사람의 그림자만을 묻어 두고
나는 점점 이 방의 부속품이 되어 간다

숱한 날들이 털렸다
삐걱거리는 의자, 칠 벗겨진 책상
그것들은 추슬러야 할 내 뼈다귀 같은 것

우주를 부르는 시간
마음으로 지은 집은 일기가 불순해서
폭풍으로 날아가거나 말장난에 공처럼 튀기도 하지만

가위질만 안 하면 꽤 쓸 만하다

백지, 그 어마어마한 우주에
세계의 시침이 떨린다

빙장氷葬*

향기가 절박하다
불씨란 불씨 다 삼킨다 해도
피 돌지 않는 고깃덩어리가
단단하고 차가운 요람으로 돌아간다

낡은 구조물을 비추는 얼음수의
피는 더 이상 달리지 않고
낮달처럼 숨어든 그늘과 바람이 끼적이다 만 비망록은
관 속의 행진
무정란을 까던 입을 잠근다
얼음의 숨결을 뿜으며 나를 망치질한다

감각이 죽고 나서야 누운 곳이 얼음 잔디 같아서
물오르는 몸, 나뭇가지 뻗고 잎사귀 돋느라 소동이더
니 한순간에 진다
되돌아 불러 보는 몸의 봄
죽어서도 제게 속는 고깃덩어리

나는 죽어서까지 냄새 피우는 동물이 아니다

몸을 태우는 연기는 지상에서 가장 무거운 배설물

몸의 여섯 구멍으로 도랑물 흘리지 않겠다

독수리도 식상한 뼈는 안 먹지

묻힐 땅뙈기 축내지 않고

질깃한 목숨을 고민 없이 노래하는 나무 곁에는 묻히지 않으리

믿을 수 있는 얼음장, 고독한 악기, 용장의 선택이 나였다고 말하마

뜨겁게 크게 죽을 일만 남았다

얼음 감옥에 장기 복역수란 없다

한 옴큼 가루가 될 고깃덩어리

얼음이 마시는 푸른 달빛 한 컵

그 향기 날리며 불멸의 악기를 켤 순도 99.9%

* 사체를 얼음으로 만들어 분쇄하는 친환경적 장사법.

골콘다*

껍질을 두드리며 그가 내려왔다 검은 양복에 중절모를 쓴 하고 많은 그의 분신들, 누구도 내 속빛으로 물들어 준 적 없는, 껍질 안쪽에 웅크린 나는 검은 분위기 이봐 이 봐 그가 속삭였다 모기 소리라도 끄집어 내려 했으나 나는 발아하지 못한 씨

내내 블루의 속앓이하다가 수인의 방에 깃들다가

위태로운 세상의 지붕을 타면서 헐고 몸빛 닳은 채 죽은 숨을 일으키는 빗방울 방울들 물큰 싸한 그의 향기 스며들 때 하늘길을 탔던 수많은 그를 따라 나는 발굽을 든다 할 말이 빽빽하게 지워지고 있는 백지 위 마른 목, 백 년의 동토, 그 미개척지

---

* Golconda(겨울·비), 르네 마그리트의 작품 이름.

빙장氷葬 속에서 발아發芽하기

— 양수덕 시집,『신발 신은 물고기』

엄경희(문학평론가)

빙장氷葬 속에서 발아發芽하기
— 양수덕 시집, 『신발 신은 물고기』

엄경희(문학평론가)

　이 세상에 없는 장소를 꿈꾸는 것, 그 치열한 내면의 세계에서 시인은 자기의 불우함을 극적으로 묘사할 수밖에 없는 고독한 존재여야 한다. 그런 의미에서 세계에 대한 무한한 긍정은 모든 시인이 거부해야 할 제일의 원칙일 것이다. 현실이 이성理性의 빛이 지배하는 낙원이 아니라는 사실을 우리 모두는 알고 있다. 이 세계가 작동하는 은밀한 방식은 왜곡이다. 진실과 다르게 현존하는 제반의 가치들이 개인의 의식을 억압할 때 삶의 질적인 변화를 갈구하는 목소리는 거칠고 절박해질 수밖에 없다. 외부로부터 가해지는 이 같은 긍정의 물리력은 개인들의 의지와 꿈을 점점 왜소화시킨다. 긍정에의 요구는 모든 의문과 반항을 잠재우는 마약이다. 불행의 원인은 세계의 문제가 아니라 세계를 불신하는, 즉 긍정의 자세를 갖지 못한 '너'의 문제라는 것이 긍정의 이데올로기가 강조하는 핵심이다. 전체성이 상실된 균열의 세계에서 막연하게 현재를 즐기라고 계몽하는 것은 실존의 고유성을 말살하는 위장된 폭력인 것이다. 이러한 사회는 개인에게 그의 진지한 노력에 합당한 결실을 되돌려주지 않는다. 소박한 일상조차도 비루와 왜소함으로 허덕이게 만드는 외부의 영향은 현대인들의 내면을 고갈시키는 주된 요인이다. 정당하고 순수한 개인의 노력이 시대의 이데올로기로 인해 왜곡될 때 일상의 가치들은 분열의 임계점에 이르게 된다. 양수덕 시인의 시는 바로 이 지점에서 일차적으로 분출·분기된다.

재생 재도전 재출발 재탕…… 재 자字의 말벗들이 도란거린다 쑥스럽고 뻔뻔해야 하고 미안하고 아뜩한 옴 붙은 것들 옴 떼려 몸부림치는 것들

너를 읽을 수 있다 나 또한 비 온 뒤 눈치 없이 자라나는 재 자字의 균사체

시대는 바뀌어도 실패는 늘 복고풍으로 온다 날림은 무릎을 헐고 기면서 온다 올지라도 푸른 목발처럼 일어나라는 속의 말

—「코믹 드라마」부분

누군가 나에게 '다시再'를 강요했을 때 그것은 스스로

자신을 곧추세워 가는 의지와 성찰의 건강한 발현으로서의 '다시'와는 전혀 다른 의미를 지닌다. 외부로부터 강요되는 '다시'는 개인을 길들이는, 즉 제도와 법규에 맞게 개인을 규격화시키는 이데올로기적인 '명령어'로 작동한다. 다양한 개인들의 삶을 평준화해서 자각이라는 고유의 권리를 망각한 한 무리의 '군중'으로 만드는 것이 바로 현실의 추동력이라는 것을 양수덕은 생활의 경험으로 간파하고 있다. 성공을 염원하는 개인들의 욕망에 대해 그리고 그 욕망의 실패에 대해 이 사회는 근원적인 처방보다는 '다시'라는 기계적인 명령어를 지속적으로 주입한다. 그러한 과정은 개인들의 삶을 비루하게 만들 수밖에 없다. 의도하지는 않았지만 "쑥스럽고 뻔뻔해야 하고 미안"할 수밖에 없는 존재가 되어 가는 이 어처구니없는 현실에 대해 시인은 '코믹 드라마'라는 표현을 통해 냉소한다. "재생 재도전 재출발 재탕…… 재 자¤의 말벗들이 도란"거리는 현실의 우스꽝스러운 소란을 직시하면서도 "나 또한 비 온 뒤 눈치 없이 자라나는 재 자¤의 균사체"라고 고백하는 시인의 모습을 보며 '다시'라는 명령어가 전파하는 질곡의 감염력이 얼마나 무차별적인지를 가늠하게 된다. 시인은 이러한 상황을 자각하고 그에 맞서 "푸른 목발처럼 일어나라는 속의 말"을 되뇌며 긍정의 신화로 위장된,세계와 응전하고자 한다.

반짝이는 것들이 치고 들어온다

누군가 제 길 끌고 왔다가 빠르게 사라지자
잠시 밀실까지 환해지는 흉내를 내본다
긍정의 떨림으로 몸살 나는 빛은
부스러기들만 떨어뜨렸다

구석기 시대의 잠 속에서
가지고 놀던 볍씨 몇 알
마늘 먹고 천일을 들뜬 웅녀의 기억은 이제 눈곱 낀 화첩

이제 새벽으로 갈아타지 않겠다
먹구름을 닦으리라는 아침에 휘말리지 않겠다

퍼내도 퍼내도 끝없이 푸른 하늘이 딸려 나오는
빛의 서식지
그 득시글한 세상의 소란에 헛배 부른 채
잠과 깬 잠 사이에서
천년의 굴절로
나는 모호하다

세상은 나를 통과하나 나는 한 번도 통과하지 않았다
                              ―「동굴 시대」전문

'빛'의 이미지는 밝고 선함, 신성함, 영광 등의 의미를 함의하는 것이 일반적인데 양수덕에게 '빛'은 그렇지 않다. 그것은 불현듯 '나'의 공간을 치고 들어오는 불온한 파장이며, '부스러기'만 떨어뜨리는 허망한 실체인 것이다. '긍정의 떨림'으로 소란스러운 세계는 시인에게 '헛배'처럼 부풀어 오른 과장과 과잉의 공간으로 인식된다. '볍씨 몇알'과 '마늘'로 인간이 되고자 희망했던 '웅녀'의 신화는 이제 없다는 인식에 도달했을 때 시인은 "천년의 굴절로/ 나는 모호하다"고 스스로를 규정한다. 현실과 이상 그 어디에도 뿌리를 내리지 못한 자신의 삶에 대해 '나는 모호하다'라고 진단했을 때 그 이면에는 고통과 좌절로 점철된 지난한 시간이 퇴적되어 있음을 짐작할 수 있다. 희망과 긍정과 소통이라는 소란스런 단어들이 생활의 주변에 난무하지만 그 어느 것도 '나'를 발아시키는 씨앗이 되지 못한다는 경험적 자각은 "세상은 나를 통과하나 나는 한번도 통과하지 않았다"는 박탈剝脫과 고립의 감정으로 심화된다.

　세계의 일방성은 개인의 고유함과 자유의지를 침해하는 폭력성이라 할 수 있다. 세계의 일방성이 야기하는 고립감은 '부러진 날개'와 '부러진 발목'(「눈집」), '상한 뿌리'(「치석」), '먼지의 뿌리인 날개'(「먼지의 뿌리인 날개」) 등 불구적 이미지로 외화되어 이 시집 전체에 포석처럼 자리잡고 있다. 그럼에도 이러한 이미지들이 연민의 감정을 유발하지 않고 실존의 긴장성으로 읽히는 이유는 "늙은 아이가 빈 백지로 복사되었던 십 년/ 나도 성장을 멈추었다"(「인형의 방」), "누구에게도 속해 있지 않은 자 세계에도 속해 있지 않다"(「압화」)와 같은 강력한 진술들이 곳곳에서 대들보 같은 역할을 하기 때문이다. 이러한 진술은 관념의 소산이 아니라 침묵과 고립으로 옹어리진 시간을 견뎌 온 시인의 내밀한 상처와 경험이 빚어 낸 삶의 소중한 무늬라 할 수 있다. 그 시간들이란 "누구도 내 속 빛으로 물들어 준 적 없는, 껍질 안쪽에 웅크린 나는 검은 분위기 이 봐 이 봐 그가 속삭였다 모기 소리라도 끄집어내려 했으나 나는 발아하지 못한 씨"(「골콘다」)의 응축된 시간을 뜻하며 "딱딱한 껍질 안에서 뺨 붉히며 밖을 살피는 밤"(「굴러가는 것들」)과 같은 모색의 시간을 뜻한다.

　　돌보아주는 사람의 눈길이 식어 가면서 붙들린 이들의
　발목
　　몸 구석구석에는 물때가 꼈다 가문 날도 많았다
　　배경은 주인을 닮아 간다
　　일 년 내내 햇빛은 모로 꺾였고
　　못에서는 물비린내도 안 난다

　　윤나게 닦은 어항 안은 수초도 잠을 깨는 못
　　큰 맘 먹고 어항을 청소한다

(뒤집어 탁탁 털어 나를 얼렁뚱땅 동그라미 쳐주었던 것들
을)

솔질에 씻겨 나가는 물때

그런 뒤 쥐나게 서 있던 물오리와 청개구리에게

마땅한 자리를 잡아 주고

추문도 불러 앉혀야 할 반석에 물을 부어 준다

잠시 고이다가 달려가는 물

내 안의 푸른 이마가 소스라치게 잠을 깬다

—「유리한 배경」부분

이 시에서 소통의 부재로 인해 고립과 단절의 시간을 보
내는 시적 화자의 삶은 '물때'가 켜켜이 쌓인 '어항'의 공간
으로 비유되고 있다. 물때가 낀 어항 속의 물은 점점 더 탁해
지기 마련이며 따라서 그 안에 사는 생물체들도 건강한 삶
을 유지할 수 없다. 이러한 사정은 시적 화자가 처한 현실을
그대로 반영한 것으로 '발아되지 못한 씨'와 '딱딱한 껍질
안'이라는 감금의 이미지로 곳곳에서 표출된다. 그의 '씨'
와 '껍질' 안에는 소리 없는 고통과 절규가 농축되어 있다.
그러한 사정은 "농아 남자들이 온몸을 풀어 나무의 절규를
그물 친다"(「붉은 귀」), "죽어서야 거길 나갈 수 있던 울분의
짜디짠 몸뚱이"(「소금 인형」) 등으로 구체화된다. '농아'의 소
리 없는 절규는 곧 씨앗의 울분인 것이다. 그 울음을 속으로

만 울었던 시간, 그것이 양수덕이 살아온 삶의 풍경이다.

　발아의 가능성을 감싸는 씨의 '막膜'은 '껍질'이나 '어항'과 같은 이미지로 변형되고 있는데, 이는 세계와 접촉하면서 얻어진 상처의 흔적과도 같은 것이다. 시인은 자신의 꿈을 가로막고 있는 경질硬質의 '막'에 대항하며 발아의 꿈을 꾸고 있는 것이다. 그 과정에서 격렬한 저항의 자세를 취하기보다는 그것을 '청소'하는 소탈한 포즈를 취한다. 그러한 자세는 일견 소박해 보일 수 있지만 시적 진술의 진정성이 부각되면서 시를 읽는 독자의 공감을 이끌어내는 데 성공한 것으로 판단된다. 시인에게 '물때'가 낀 어항은 배경과도 같은 것이며, 그 배경이 곧 주인의 삶을 반영하는 것이라는 사유로 이어진다. 그러한 내면 성찰을 바탕으로 시인은 "배경은 주인을 닮아 간다"는 자각과 함께 자신의 삶의 터전이라 할 수 있는 '반석'에 '청문'까지 불러 앉혀 물을 준다. 세계에 대해 좌절했음에도 불구하고 그 세계를 포용하고자 하는 시인의 의지는 "잠시 고이다가 달려가는 물"로 다시 집약된다. 이러한 사고의 연쇄 과정은 양수덕 시인의 시집 전체를 관통하는 하나의 서사라고 할 수 있다. 고여 있는 상태에서 달려가는 상태로의 전환은 질적인 변화의 순간을 의미한다. "차려놓은 것 없이 헤픈 잔치"(「굴러가는 것들」), "낮도 쥐굴 속인 뻔한 날"(「낮잠」)을 뚫고 "내 안의 푸른 이마가 소스라치게 잠"을 깨는 상태로 급작스럽게 변화하게 된 요인은 무엇일까?

이 물음이 양수덕 시인의 앞으로의 시적 가능성을 가늠하는 좌표가 될 것이다. 긍정을 강요하는 이 시대의 보이지 않는 폭력을 직시하면서, "내세울 게 너무 많은 부류들이 세상을 쥐락펴락"(「바람의 이력서」)하는 것과 맞서고자 했던 결연한 정신을 잃지 않는 것, 그것을 시인은 빙장氷葬의 상징을 통해 드러낸다.

> 향기가 절박하다
> 불씨란 불씨 다 삼킨다 해도
> 피 돌지 않는 고깃덩어리가
> 단단하고 차가운 요람으로 돌아간다
>
> 낡은 구조물을 비추는 얼음수의
> 피는 더 이상 달리지 않고
> 낮달처럼 숨어든 그늘과 바람이 끼적이다 만 비망록은
> 관 속의 행진
> 무정란을 까던 입을 잠근다
> 얼음의 숨결을 뿜으며 나를 망치질한다
>
> 감각이 죽고 나서야 누운 곳이 얼음 잔디 같아서
> 물오르는 몸, 나뭇가지 뻗고 잎사귀 돋느라 소동이더니
> 한순간에 진다
> 되돌아 불러 보는 몸의 봄

죽어서도 제게 속는 고깃덩어리

나는 죽어서까지 냄새 피우는 동물이 아니다
몸을 태우는 연기는 지상에서 가장 무거운 배설물
몸의 여섯 구멍으로 도랑물 흘리지 않겠다
독수리도 식상한 뼈는 안 먹지
묻힐 땅뙈기 축내지 않고
질깃한 목숨을 고민 없이 노래하는 나무 곁에는 묻히지
않으리
믿을 수 있는 얼음장, 고독한 악기, 용장의 선택이 나였
다고 말하마

뜨겁게 크게 죽을 일만 남았다
얼음 감옥에 장기 복역수란 없다
한 옴큼 가루가 될 고깃덩어리

얼음이 마시는 푸른 달빛 한 컵
그 향기 날리며 불멸의 악기를 켤 순도 99.9%
— 「빙장氷葬」전문

차고 단단한 '얼음'은 생명의 정지를 의미하는 원형적
이미지이다. 이 시의 화자는 이러한 죽음의 숨결을 두려
워하지도 거부하지도 않는다. 그는 결연하게 "뜨겁게 크

게 죽을 일만 남았다"라고 말한다. 그리고 "얼음 감옥에 장기 복역수란 없다"고 단호하게 말한다. 목숨을 구걸하지 않는 이 같은 태도 이면에는 앞서 보았던 '발아'의 상상력이 내포되어 있다. 그는 '막膜'과 '어항'에 저항하며 발아를 꿈꾸었던 자가 아닌가! 속된 것에 몸을 내주었던 '고깃덩어리'의 냄새와 배설물과 뼈를 버리고 그는 '푸른 달빛'의 수액을 얼음 속에 수혈함으로써 불멸하는 고독의 악기로 태어나려 한다. 여기에는 죽음과 재생이라는 모순된 사건이 하나로 응집되어 있다. 이것이 시적 비약이며 시적 힘이라 할 수 있다. 생의 지리멸렬을 단번에 뛰어넘어 고결한 자아의 상태로 치솟을 수 있는 정신의 가능성! 모든 오염과 훼손을 건너뛰어 '순도 99.9%'의 악기로 탄생하는 이 도약의 순간을 시인은 꿈꾼다. 그런 의미에서 그의 "단단하고 차가운 요람"은 정화와 재생이 함께 이루어지는 '시 쓰기'의 공간이라 할 수 있다. 그는 거듭해서 세속화된 자아를 쇄신하기 위해 스스로의 욕망을 동결시킨다. 동결의 고통을 받아들일 때 그는 새로운 자아로 재생되는 것이다. 그것은 다름 아닌 아직 세상에 없는 '고독한 악기'라 할 수 있다. 그 악기는 깊고 고통스럽게 울리며 자기 쇄신의 길을 닦을 것이다. "할 말이 빽빽하게 지워지고 있는 백지 위 마른 목, 백 년의 동토, 그 미개척지"(「골콘다」)에 앞으로 무엇이 새롭게 탄생할지 기대하게 된다.

양수덕 시인

서울 출생.

성신여자대학교 졸업.

2009년 경향신문 신춘문예로 등단.

e-mail : gchisong7@hanmail.net

신발 신은 물고기
양수덕 시집

초판 1쇄 발행일   2015년 11월 5일

지은이 · 양수덕

펴낸이 · 김종해

펴낸곳 · 문학세계사

주소 · 서울시 마포구 신수로 59-1(04087)

대표전화 · 02-702-1800   팩시밀리 · 02-702-0084

이메일 · mail@msp21.co.kr

홈페이지 · www.msp21.co.kr

페이스북 · www.facebook.com/munsebooks

출판등록 · 제21-108호(1979.5.16)

값 8,000원

ISBN 978-89-7075-641-7 03810

ⓒ 양수덕, 2015

이 도서의 국립중앙도서관 출판예정도서목록(CIP)은 서지정보유통지원시스템 홈페이지(http://seoji.nl.go.kr)와 국가자료공동목록시스템(http://www.nl.go.kr/kolisnet)에서 이용하실 수 있습니다.(CIP제어번호:CIP2015026457)